續修臺灣府志卷二十二

欽命巡視臺灣朝議大夫戶科給事中紀錄三次六十七　同修

欽命巡視臺灣朝議大夫雲南道監察御史加一級紀錄三次范　咸

分巡臺灣道兼提督學政覺羅四明

臺灣府知府余文儀　續修

藝文三　序　記　祭文

序

靖海紀序　　　漳浦學士李光地 安溪人

韓淮陰指畫東征形勢及狀定漢成敗如指諸掌諸葛公校計孫曹強弱圖荊益之利定鼎足之規皆先握算於前而操券於後司馬仲達之平遼也然其平公孫淵量敵計

期不差時日岳忠武之破洞庭楊么八日而捷書果至蓋古之重臣宿將其於天下之勢一閑要害未嘗不熟籌深曉制其短長之策故一旦有事迎刃而解此固非目利趨險迄無成算特輕以國家之命爲戲者也東南之苦海患六十餘年

聖朝受命恃其[illegible]遠隔島以乘風潮出沒爲梗自戊子以來攻圍破陷郡邑者三跨有粵閩邊地曠日而後平者一巳亥之役浮長江犯金陵則中原腹心爲之震動議者割棄沿海田廬延袤數千里而又歲資鄰省軍糈動百萬計荼毒生靈糜國藏不可勝數此豈鱗介之倫不以衣裳易者比哉靖海侯施公自其先任樓船則以疏言賊可滅狀

乘傳陛陳言之彌切天未厭亂留公宿衛十有餘年而後出竟其志時異勢殊而公前二疏所陳者無一不酬於後自奉

命專征至于受降獻俘籌畫措置連篇累幅又無一不符於前吾以是知公計之熟料之明知己知彼算定而後戰故能役不踰時而成不世之功所謂上兵伐謀者於公見之矣國家之難在用兵用兵之事莫難乎滄波巨浪之中與遠夷爭舟檝之利珠崖南交趾所以屢征而不復遼左日東唐元所以頓師而不再彼數君者皆以遠異窮兵績用弗底今鄭氏境內逋寇托跡鯨鯢為濱海無窮之憂

皇上憫惻殘黎赫然誅討天佑

皇仁風波助順而公以國賊家難怨毒交深於中憤不顧身義形顏色仗鉞

皇上委託之專無復疑貳掣肘遂克奏厥成宣威絕徼航海之勳稱古莫及焉然則公之留身者公之誠為之而非

皇上救民伐罪內斷於心任公勿二如議者紛棋不定之口其不潰成者幾希耳閩之人取公前後章疏彙萃編刻而請序於余余惟公之功

天子褒之史氏紀之其所以為百世戎臣師者吾無綴乎爾故復稱道古今以見遠圖之不可事窮兵之非得已以及

主之仁明臣之忠孝著厥成功之自覽是編者攷闕事之終始尚將有以論其世也

平臺灣記序

檢討毛奇齡　蕭山人

從來不世之功必藉大文以傳之虎之詩長舅之銘韓吏部之碑皆是也獨是循蜚以還不臣海邦幅員雖長漸被有限而本朝於四征之餘凡衣麗滄兒雕膺畫額之族無不臣伏祇此海中孤島從古未經牽耕犂者而戈船所屆即驅除而版籍之然且逋逃四世由明季迄今僭妄自大舉前代孫盧陳彭朝興暮蔑者且偷安因循至七八十年之間乃一旦破澎湖擣臺灣由銅山花嶼抵將軍大嶼乘潮而入

斬將奪柵燔其井而瀦其穴海外一方重申弔伐自辰至戌揮數世積逋之寇而平于七日之內何其捷也然則廟算之神與師武臣之力其所宜鋪張而誦揚者豈顧問哉惟是壬戌春奏凱京師天子親御端門受俘獻馘其時侍班諸臣徒橐筆立左右不能歌咏其事以媲于將來但記諸　起居爲聖朝實錄採擇而倪君殿侯親歷行間目睹旌竿之所及礕易潮汐且身當礮石復能摩盾吮矢以誌其始末今讀其文不啻陳琳之草檄而韋臯之紀功也則是廟謨雖大有載事而德益彰版宇雖寬得頌言而積彌顯斯文果傳其有裨於

聖世者豈淺鮮也殿侯既以其文上之將軍將勒石海濱而復錄其兼本以示世因次其篇帙而屬予爲序謹序

東吟社序

前太常寺少卿沈光文鄞縣人

昔孟嘉落帽龍山因作解嘲文詞超卓四座歎服悵今世不見此文蘇長公戲爲補之嘲答並臻絕妙若夫金谷一序人亦惜其不傳至明時楊升菴云得朱人舊石刻有金谷序在焉實爲蘭亭之所祖錄以示人刋于集內雖莫辨眞贋而文亦典雅古茂乃知古人當勝會雅集必著之詞章以垂不朽誌其地記其人錄其詩文載其年月不使埋沒當時失傳後世王右軍之茂林脩竹石季倫之流水長堤良有以也而春夜宴桃李園序尤盛稱於千古閩之海

外有臺灣卽名山藏中　地圖之東港也自開闢來不通中國初爲顏思齊問津繼爲荷蘭人竊據歲在辛丑鄭延平視同田橫志效扶餘傳嗣及孫歸于

聖代入版圖而輸賦稅向所云八閩者今九閩矣名公奉

命來涖止者多內地高賢亦渡海來觀異境余自壬寅將應李部臺之召舟至圍頭洋遇颶飄流至斯海山阻隔慮長爲異域之人今二十有四年矣雖流覧怡情詠歌寄意而同志之儔才人罕遇徒寂處於荒野窮鄉之中混跡于雕題黑齒之社何期癸甲之年頓通聲氣至止者人盡蕭騷落紙者文皆佳妙使余四十餘年拂抑未舒之氣鬱結欲發之胸勃勃焉不能自已爰訂同心聯爲詩社人喜多

而不嫌少長月有會而不辭風雨分題拈韻擇勝尋幽金陵趙蒼直乃欲地以人傳名之曰福臺間咏合省郡而爲言也初會余以此間東山爲首題蓋臺灣之山在東極高峻不特人跡罕到且從古至今絕無有題咏之者今願與諸社翁共辦始之次陳雲卿郎以賦得春夜宴桃李園命題余嘗惜李青蓮當年僅留序而衆詩不傳雖不若金谷園并序失之似獨幸蘭亭序與詩迄今傳誦也鴻溪季蓉洲任諸羅令公餘亦取社題相率倡和扶掖後進乃更名曰東吟社曩謝太傅山以東重茲社寧不以東著乎會中並無絲竹亦省儀文飲不卜夜詩成次晨各攄性靈不拘體格今已閱第四會矣人俱如數詩亦無缺雖已遍傳展

閱尚當彙付殺青使傳聞之隔汀薦紳先生亦必羨此蠻方得此詩社幾幾乎漸振風雅矣夫龍山解嘲可補金谷失序又傳茲社友當前詩篇盈篋使無一序以記之大爲不韻華蒼崖以余馬齒長强屬操觚因不揣才竭乃僭擬焉頹然白髮混入于名賢英俊中而且妄爲舉筆亦多不知量已爰列社中諸公姓名籍貫而不紀其官號庚甲云

季蓉洲名麒光　無錫　華蒼崖名衮　無錫

韓震西名又琦　宛陵　陳易佩名元圖　會稽

趙蒼直名龍旋　金陵　林貞一名起元　金陵

陳克瑄名鴻猷　福州　屠仲美名士彦　上虞

鄭紫山名廷桂　無錫　何明卿名士鳳　福州

韋念南名渡　武林　陳雲卿名雄略　泉州
翁輔生名德昌　福州　沈斯菴名光文　寧波
康熙二十四年乙丑歲梅月甬上流寓臺灣野老沈光文
斯菴氏題時年七十有四

安海詩序　蔡世遠

皇帝誕敷文德粹寧武功歷數綿長版圖式廓敷天之下覆幬涵煦罔不率俾其有阻疆自雄傲虐不共則赫然奮雷霆之師擣其區域畏威輸誠爭爲臣僕臺故紅毛地也鄭氏竊據三世

皇靈遠播命姚公啟聖施公琅剿平奏績置一府三縣四十年來休養生息衍沃富饒顧土著鮮少火耨草闢多閩

粵無賴子弟地廣則易以叢奸民雜則易以召亂加以重洋浩淼官吏有傳舍之思兵役更番不盡馴性制撫控馭阻於鞭長康熙辛丑夏四月二十三日羣不逞之徒吽號嘯聚蹂我民人賊我總帥安平副將許君雲遊擊游君崇功北路參將羅君萬倉各率偏裨血戰死之賊遂據有全臺服優衣冠相稱以名號文臣逃遁澎島賊勢益張五月五日制府覺羅滿公聞變投袂而起別母夫人曰兒不剪滅此見無日矣晨夜疾馳軍於鷺島大治樓櫓調八郡之兵尅期進取提帥施公先已提師駐港滿公素知南澳鎮總兵官藍公忠勇機以副之將校卒伍分路責成撫軍呂公調餉佐軍不科井里應時而具部署既定合大小戰艦

六百餘艘兵萬六千餘人滿公釃酒臨江天氣霽朗義聲昭布將一其心士百其競覘知賊將內訌頒發文告設檄懸賞賊棄逆效順自相攻擊六月十三日癸卯自澎湖齊發丙午施公遣其裨將林亮董芳乘潮入鹿耳門諸軍銜尾繼進兵已過險人懷必死之心乘勝克安平鎮轉戰七鯤身賊衆尚數十萬藍公率精銳由西港登岸繞出賊背紅礮鉤裂賊遂大奔薄至官寮悉衆相拒復大敗之走塗墼埕又連敗之癸丑長驅直入府治悉定先是滿公未至廈門時邊郡洶洶城市山村惶惑轉徙米價沸騰訛言流布既至汎舟之米四集平糶緝奸市不改肆人不知兵羣策畢張紀律大肅衆於是知賊不足平也向使滿公不登

鎮廈門則內地山莽四伏驚鬨盡逃澎湖將潰施公雖激厲三軍而兵少餉涼其能浹旬奏績乎卽滿公駐廈門不檄藍公同征亦未能成功若是速也三旬治兵七日奏績

宣

天子詔縛其渠魁撫其脅從不殺而威不令而行此皆由

皇上知人善任

皇天眷佑篤生良傑同德一心式遏亂畧豈偶也哉吾漳處最濱海回思鄭氏之亂海寇山妖同時並作酷餉焚巢言有餘痛今茲之喜不啻口出作爲詩歌用誌永久名曰安海者謂是役非徒平臺邊海郡縣皆安之也既安於臺警方熾之秋必能安之於臺地克定之後溯厥亂源選用

康熊布昭德教曁其勞民漸次更始我閩人實世世食德孕育蕃息歌詠於靡窮也世遠黍在史氏有採風之責因與陳君元麟張君福昶郭君元龍彙摭篇什以付之梓焉

陳少林遊臺詩序

蔡世遠

吾友陳少林年未及壯隨其族兄總戎公從戎閩粵間既又涉江湖歷吳楚寄寓黔中黔中舉茂才第一旋遊國學歸漳浦漳浦舊鄉也時年三十餘矣從令君陳莘學先生爲講經之會又應中丞張清恪公之招講學脩書於鼇峰書院少林遍書史嫺經濟至是又澤以宋儒之書七試於鄉不遇康熙辛丑五月臺灣告警鎮帥殲焉副將以下或死臺竄文臣逃歸澎湖制府滿公躬駐廈門訪求熟悉臺灣事宜嫺猷畧者以幣聘少林於廬少林慷慨赴幕曰賊草竊無遠畧相吞并不難下也滿公曰子能爲我涉波濤冒矢石親從事於行間乎少林遂行當是時滿公居中調度提帥施公總戎藍公分將一萬六千人少林以制府軍師周旋二將間六月師克鹿耳門遂復安平鎮大戰七鯤身進破數十萬衆長驅定府治少林與施藍二公商善後之策而後告歸滿公官其一子把總曰吾固知子淡於宦情也衆咸爲少林稱屈少林曰吾何功哉控制調遣滿公功也遣將先入鹿耳門施公績也大戰七鯤身遂定府治藍公力也且吾以一書生提一筆管掉三寸舌往來行間親覩

天子威靈將士用命七日而殲寇亡紓
朝廷南顧之憂下定鄉井揚波之警吾榮多矣吾何功哉先是少林曾脩諸羅縣誌凡所憂虞規度先事而中故滿公知而聘之歲甲辰少林重遊臺灣感舊興懷作憶昔長篇一首七律八首錄寄京師示余余時與總憲錢塘沈公同讀而贊之曰憶昔即杜子美之北征也七律即子美諸將之什也雖所遇不同然其忠愛愷惻之心未雨綢繆深情雅調孰謂古今人不相及哉余是以序而傳之并其前後遊臺諸作著於篇

送黃侍御巡按臺灣序　蔡世遠

臺灣居海外在南紀之曲東倚層巒西分漳州南鄰粵北之雞籠城與福州對峙地近河沙磯小琉球周袤三千餘里孤懸環瀛土壤沃衍禾稻不糞而長物產蕃滋果樸蠃蛤硫磺水籐糖蔗無所不有固東南一大聚落也自鷺門金門迤邐以達澎湖可六百餘里又東至臺之鹿耳門旁夾以七鯤身北線尾水淺沙膠紆折難入明嘉靖末海寇林道乾據之道乾後顏思齊勾倭人屯聚剏芝龍附之未久荷蘭誘倭奪之鄭氏破荷蘭爲巢穴傳三世今
天子聲教四訖鄭氏擒滅設官置吏休養孕育垂四十年去歲羣不逞之徒煽惑莠民撞搪嘯號賴
天子威靈將帥用命舟師直入七日奏克
天子特注意臺灣簡監察御史中有敦實廉能嫻猷畧知

治體可任以股肱耳目者二人往按其地黃君偕吳君爲新命以行余與黃君同門友也夙知君家學素履君兄弟五人皆有聲績長公次公以督學清正晉秩爲卿君年最少由吏部陟臺中能直已行道不矯激沽名爲聖主所倚信以夏四月至閩余一見即爲臺灣慶得人君自童子試至登進士第未嘗出都門茲將出波濤航大海

奉天子命以綏輯羣黎神志肅定忠慎恢廓古所謂大丈夫者君其人矣夫臺灣鮮土著之民耕鑿流落多閩粵無賴子弟土廣而民雜至難治也爲司牧者不知所以教之甚或不愛之而因以爲利夫雜而不教則日至於侈靡蕩逸而不自禁不愛而利之則下與上無相維繫之情爲將校者所屬之兵平居不能訓練而又驕之夫不能訓練則萬一有事不能以備禦驕之則恣睢侵軼於百姓夫聚數十萬無父母妻子之人使之侈靡蕩逸無相維繫之情又覩彼不能備禦之兵而有恣睢侵軼之舉欲其帖然無事也難矣今海氛已靖臺地又安監司守令皆慎簡之員則所以教而愛之者必周總戎藍君又平臺著績人也所以練而輯之者必至君與吳君從容經理其間慎簡乃僚罔不同心臺灣之人行將數百世賴之豈徒南粵之奉伏波峴山之傳叔子已哉余淺人也烏知事宜然地近梓桑不能不關心於勝算君之至自能不擾而核不肅而威也

海天玉尺編初集序

巡臺御史 夏之芳 高郵人

臺灣僻處海隅自入版圖歷今垂五十載舊制郡邑守令外以觀察使領之康熙六十年始以臺臣出司巡視滿漢各一員歲一更替蓋重海疆也我
皇上御極以來文德覃敷聲教暨訖休風雅化已遍遐陬猶於
臨軒遣策加意遴選再三訓誡俾奉
命諸臣得遵循以為觀風訓俗之軌則
聖明洵周且至矣至臺郡學政舊屬之觀察使不關巡視之責丁未冬始奉
命令漢御史兼攝

膺旨初下余適恭膺
簡命出巡茲土緣奏請學篆兼使節以行於戊申之二月得抵臺署焉夫臺灣山海秀結之區也萬派汪洋一島孤峯磅礴鬱積之氣亘絕千里靈異所萃人士必有鍾其秀者況數年來沐
國家休養教育之澤涵濡日深久道化成固已家絃戶誦蒸蒸然共躋於聲名文物矣第四民之業士為之倡士習之邪正風俗因之臺郡人文蔚起寧患無才有才不醇則龐雜與卑污同病昔人謂士先器識而後文藝士習不端祇以文藻誇世匪唯無益抑且為民害焉稽臺郡初闢時歲科掄才多借資於漳泉內郡近已

放各寫胸臆不能悉就準繩其閒雲垂海立鼇擲鯨呿者
應得山水奇氣又或幽巖峭壁翠竹蒼藤雅有塵外高致
其一辯一香一波一皺清音古響以發自然則又得曲島
孤嶼之零煙滴翠也海天景氣絕殊故發之於文頗能各
逞瑰異至垂紳搢笏廟堂黼黻之文何則往往鮮焉固其士
之少所涵育亦其地之風氣僻遠而然也故歲試所錄强
半靈秀之篇科試則多取醇正昌博者爲臺人更進一格
亦俾知
盛朝文教之隆設科取士之法以明白正大爲宗而不得
囿於方隅聞見閒也乃更合歲科試文得八十首付之梓
以爲多士式

珊枝集序

巡臺御史張湄　錢塘人

珊枝集者何集海東校士之文而名之也珊枝者何珊瑚
之枝也海之大無所不有希世之寶皆於是乎取乎
珊瑚也曰杜甫不云乎飄飄青瑣郎文采珊瑚鉤文若珊
瑚誠貴之也亦難之也何難乎爾難乎其枝也其枝奈何
曰枝生海底一歲黃三歲赤漁人以鐵網取之未及時不
得取失時不取則腐也故曰難也臺灣者萬川朝流一島
中屹與世隔絕六十年來沐浴
聖教噆汐耀乎光明海邦人士璘璘然紛紛然實有其文
矣前乎此者未可取珊瑚未有枝也今不取吾懼其失時
也然則及今無取者乎曰有雍正戊申高郵夏符騑侍御

嘗取之矣顏其文曰海天玉尺玉尺云者葢言善量才也余雖其後無能爲役顧亦奮力取之雖不敢稱量才之尺而竊自許爲羅才之網願獻其琛以與海內共寶之則斯集之成也夫亦猶行錡莊之志也於是乎書

臺海采風圖序

巡臺給事中六十七滿洲人

攷古伯翳著山海經桑欽撰水經諸史地理有志爰及十洲記風土記南越志九州異域志諸書往往散紀海外事凡名人使絕域外島亦每彙其聞俾清異者而錄之葢以考異俗資采覽也臺灣古傳毘舍那國荷蘭以一牛皮占之繼則鄭氏竊據十五郡縣康熙二十有二年我
朝聲威震讋舳師直下遂回首向隸版圖焉乾隆癸

亥冬余奉
天子命來巡斯土取道渡縹緲跋巖淀濊之區有大都會焉林林總總莫不渙然向化仰見
聖治昭宣無遠不届小臣不才惟有勤宣
朝廷豢養德意夙夜不敢自逸間及採方問俗物產之異種種怪特多中土所未見者始信區宇之廣其間何所不有公餘之暇即其見聞可據者令繪諸冊若干幅雖不能殫其十之二三而物土之宜風俗之殊亦足以表
聲教之訖獻雖貢獒無煩重譯也爰題曰臺海采風圖弆諸行篋歸質於京華博雅君子或亦有以廸寡昧而廣集益也夫是爲序

番社采風圖序

巡臺御史范咸仁和人

上世島夷萊夷志於禹貢其雕題交趾羽毛穴居之倫則
王制載焉凡以古帝王居中馭外羈縻勿絕所以達其志
而通其欲者固自有在也我
國家奄有萬方臺灣入版圖者已六十餘年烝烝然大化
流洽矣甲子冬余奉
命巡視茲土郊坰之間衣冠濟濟比戶絃歌知
聲教之盛固已無遠弗屆矣若夫番社之有名可
紀者計一百四十有奇其深山中所不至者又莫知其
紀極同事黃門六公博物洽聞其辭以采風問俗為務爰
就見聞所及自番人起居食息之微以及耕鑿之殊禮讓

之興俾工繪為圖若干幅并各有題詠以為之考精核似
諸子昔周太師陳詩以觀民風而皇華原隰悵以咨諏咨
詢為不及蓋上慰宵旰而達下情使臣之職也今君為此圖
吾知歸而獻之
黼座既足以徵
聖天子脩教齊政之治其亦有豳風七月之思乎是誠可
謂不愧其職者已

海東選蒐圖序

范咸

古者大司馬教民振旅執鐃鐸陣車徒以脩坐作進退疾
徐疏數之節皆於四時之仲以集事歲以為常我
國家武備脩舉臺灣僻處海外兵制尤嚴整每歲之冬巡

方兩侍御合而覽之以揚

天子之威以靜鯨鯢之暴數軍實而施慶賞甚盛典也黃門六公涖事之明年乃命工繪爲圖公之言曰吾以一書生銜

命航海選蒐戎兵得以張旃而賞獲將示後世子孫俾知余小子所以奉

赫濯之聲靈慶海波之不揚者誠不敢怠若事也錢唐范咸必是之乃即書其言以弁於圖之首

記

師泉井記　　施琅

今上御極之二十一載壬戌孟冬予奉

命統率舟師徂征臺灣貔虎之校犀甲之士簡閱而從者三萬有餘衆駐集平海之澳俟長風破巨浪以靖掃鯨窟爰際天時暘亢泉流殫竭軍中取汲之道遥遥難致而平澳故遷徙之壤介在海陬昔之井廛盡成湮廢始得一井於天妃宮廟之前距海不盈數十武漬滷浸潤厥味鹹苦原夫未達廣源其流亦復易罄詢諸土人咸稱是井曩僅可供百家之需至隆冬澤堅水涸用益不贍允若茲是三軍之士所藉以朝饔夕飧者果奚恃歟予乃殫抒誠悃祈籲神聽拜禱之餘不崇朝而泉流斯擴味轉甘和綆汲挹取之聲晝夜靡間歕涌滋溉畧不顯其虧盈之迹凡三萬之衆咸資飲沃而無呼癸之虞焉自非靈光幽贊佐治戎

師殲殄妖氛翼衛
王室未有宏闡嘉祥湛澤汪濊若斯之渥也因鐫石紀異
名曰師泉昭神貺也在易地中有水曰師師之行於天下
猶水之行於地中既著容民畜衆之義必協行險而順之
德是知師以衆正乃克副
大君討貳撫順懷柔萬邦之命而揚旌海外發軔涯涘神
異初彰覽憲章往牒惟
聖天子德之威以致百靈效順山海徵奇豈其然乎昔
貳師刺刺大宛之山而流水溢出耿恭拜禱疏勒之井而
飛泉奔湧並[illegible][illegible]於湖之著萬里之奇功乃今井養
不窮三軍[illegible][illegible][illegible][illegible]以答丕鴻嘉之賜哉是用
勒之貞珉以誌不朽云

諸羅縣城隍廟碑記

諸羅縣令 周鍾瑄 貴筑人

惟諸羅僻在臺灣之北故鳥獸蕃庶
今皇帝二十二年削平鄭氏置縣張官迄五十四年鍾瑄
承乏縣事考稽祀典城隍宜有廟未之或舉大懼無以妥
神逕庥以穀我士女爰于署之左編柎茨飭材為堂為寢
為門廊廡具備凡白金五百六十有奇五十五年冬告成
邑人士僉謂宜書厥事於石鍾瑄聞之聖人設教明為人
而幽為鬼神理一而已矣邑有令以治明也賞善罰惡均
其賦役平其爭訟教之孝弟忠信使邑無饑寒怨咨而相
率於善者令之職也有城隍以治幽也福善禍淫順其四

時阜其百物驅其魑魅蟲蝗使邑無災眚夭枉而不即於淫者城隍之責也自廟貌不崇於是民不知設教之本而求諸依草附木之精於妖魔怪誕之術竊附神道以惑世誣民遂爲人心風俗之大蠹矣古周禮八蜡之祭有水庸庸城也隍水也後世因指有功德者一人以神之與秩漸隆賜廟額班封爵埒諸社稷山川風雲雷雨以祭相沿以至於今故事守土官入境必先齋宿於廟而後視事水旱必牒於神而後禱於壇厲祭必迎於壇而使主其事凡邑有大舉神莫不與焉故浮屠老子之宮學士有識而非之者至於城隍而獨無間然豈非保障一方聰明正直之靈爽昭著人心月聞數今斯廟之[illegible]以往令斯土者入斯廟而對越神[illegible]惕乎爲民父[illegible]爲吾士民者尚亦曉然斯[illegible]立之[illegible]神[illegible]不說以

自求多福哉

望玉山記

諸生　陳夢林　漳浦人

玉山之名莫知於何始不著於人[illegible]諸羅邑治去治莫知幾何里或曰山之麓有溫泉或曰山北與水沙連內山錯山南之水達於八掌溪然自有諸羅以來未聞有躡屩登之者山之見恒於冬日數刻而止予自秋七月至邑越半歲矣問玉山輒指大武巒山後煙雲以對且曰是不可以有意遇之勝月既望館人奔告玉山見矣時旁午風靜無塵四宇清澈日與山射晶瑩耀目如雪如冰如飛瀑如

鋪練如截肪顧昔之命名者殆取玉韞於石生而素質美在其中而光輝發越於外臺北少石獨萃茲山山海之精醞釀而象玉不欲使人狎而玩之宜於韜光而自匿也山莊嚴瑰偉三峯並列大可壽護邑後諸山而高出其半中峯尤聳旁二峯若翼乎其左右二峯之凹微間以青注目暇視依然純白俄而片雲飛墜中峯之頂下垂及腰橫斜入右於是峯之三顯失其二游絲徐引諸左自下而上直與天接雲濤於纖三峯勿般摩盪隱隱如紗籠香篆中微風忽起影散雲流蕩歸鳥有皎潔光鮮軒豁呈露盡瞬息間而變幻不一開闔者再焉過午則盡封不見以予所見聞天下名山多矣嵩少衡華天台鴈蕩武夷之勝徵奇涉怪極巍峩窮幽渺然人跡可到泰山觸石匡廬山帶皆緣雨生雲黎明五峯盡見朝隱不過疊翠排空幻形朝暮如此地之內山斂鍔乎雲端壯觀乎海外而已豈若茲山之醇精凝結磨涅不加恥大璞之雕琢謝草木之榮華江上之青無能方其色相西山之白莫得比其堅貞四絕乎人力舟車縹緲乎重溟千嶺同豹隱之遠害擇霧以居類龍德之正中非時不見大賢君子欲從之而末由羽客緇流徒企瞻而生羨是寰海內外獨萃山之玉立乎天表類有道知幾之士超異乎等倫不予人以易窺可望而不可即也

九日遊北香湖記

陳夢林

丙申秋予初至諸羅九月九日與李君世勳林君秀民載酒郊垌思得危峯絕頂以縱目寄懷山率數十百里之外遠不可即先是土人云縣北里許有湖脩且廣荷方盛開未之信也及是日偕往觀焉出郭數百武便見此湖蜿蜒屈曲殊有勝槩少選風從北來香氣蓊勃如相迎過漸逼湖憩舍旁道口從者曰此淡水雞籠大道也絲雲委波紅衣鱗次如畫湖面東自台斗坑凡數折而滙縣治之衆流縈蓄停滀廣可三四畝脩如其廣數十倍漢人與土番合築爲陂其下西出北社尾灌田凡數百頃遠山蒼翠列峙于對岸循阡陌以東有地數畝扼全湖之勝野竹上逼青霄參差茅屋盖園丁所居移坐竹間湖濤荷直廻環如帶

又有牙蕉檨樹蓼花風動波搖東西上下互相掩映滃洽幽麗人在香國中飄乎若出有而入無蕩遺塵而特立也傍岸有筏小奚從一番子跳越穿荷以去篙數發或不得其底園丁爲予言此湖深冬不涸花之放度臘乃盡荷錢新舊相接亦奇觀矣顧念自有此湖未有衰而出之者抑不知開鑿何時湖之有荷又不知始自何時蓋埋沒蠻烟瘴雨者幾百年而吾三人今日來遊於斯假碧水之英華代登高之篇嘯豈可令戲馬之臺落帽之山獨美千古然則斯湖也其可以無名乎因酹酒而名之曰北香湖以其地居縣之北又中土此時菡萏香消而此地之荷獨與梅菊爭奇吐艷於北風凜烈之際是足以愧夫趨熱而惡涼

遇霜而先萎者矣故曰北香也李林府手曰善因
爲記而二三君各系以詩

澄臺記　　臺廈道 高拱乾 榆林人

古者臺榭之作誇遊觀而崇侈麗君子譏之若夫制樸費約用以舒嘯消憂書雲攬物斯高人之所不廢亦廉吏之所得爲也臺灣之名豈以山橫海嶠望之若臺而官民市廛之居又在沙曲水涯之處耶然厥土斥鹵草昧初闢監司聽事之堂去山遠甚匪特風雨晦明悲愁宴息之所耳目常慮壅蔽心志每多鬱悒四顧隱然無以宣洩其懷抱并所謂四省藩屏諸島往來之要會海色峰光亦無由見于是捐俸鳩工略庀小亭於署後以爲對客之地環繞以竹遂以斐亭名之更築臺于亭之左[illegible]渤島異之勝盡在登臨襟帶之間復名之曰澄臺[illegible]天子德威遐被重譯入貢瀛海內外而余振綱飭紀分揚清激濁之任也[illegible]之責焉當風日和霽與客登臺以望[illegible]茅[illegible]蔽散懷澄慮盡釋其絕域棲遲之歎而思出塵[illegible]若[illegible]之外則斯臺也諸凌虛超然誰曰不宜

重修府學新建明倫堂記　　臺廈道 王之麟 奉天人

今天子神聖重道崇儒文教誕敷光被海內外罔不率俾詔郡縣各立學從來文治未有若斯之盛者也臺地僻在東南海外從古未沾王化罔識賓興之典者

朝開闢之後置郡縣立學宮凡取士之典皆與內地同始
彬彬稱治爲海邦鄒魯矣余己卯秋恭膺
簡命來監斯土甫下車謁
夫子廟環視棟宇朽敗而明倫堂兩廡　啟聖祠以及櫺
星垣墉欹然不備又以龍亭置于聖人之前其規模氣象
蔑如也于是急謀脩舉欽者　北君肯之因次與工越
明年于
夫子廟東偏拓地數畝中爲明倫堂堂後爲龍亭庫環以
磚牆東西廊門樓無不畢具締構堅緻形勢聳蔚一時稱
盛至六月
聖殿爲颶風所侵竟致頹圮予心惻然又捐與官醵金重建

于是諏日興事庀材鳩工經始于十月告成于十二月迄
今
夫子廟　啟聖祠巍然東西兩廡以及明倫堂櫺星諸地
翼然廟貌改觀其所以揚
聖天子文教之盛並海外之觀均于是乎在而況培人心
以厚風俗首重學校尤爲蒞治者之先務歟

臺邑明倫堂碑記　　臺灣令　陳璸　海康人

予以壬午春調任臺邑至之翼日恭謁
文廟禮成學博黃君世傑率諸生引予入　啟聖祠前聽
講問所謂明倫堂者蓋曠然一平地也噫斯何地也而可
久曠乎哉台有人類即有人心有人心即有人理有人理

郎君天造地設而有明倫堂苟斯堂之不立則士子講經無地必至人倫不明人理泯而人心昧將不得為人類矣噫宰斯邑者何人風教攸責而可令斯地久曠乎哉予冉是殫力以拮据畢□□經營越明歲癸未之夏而斯堂得成堂凡三間高廣如式門樓前砌甬道圍牆井列成之日用進諸生於堂而告以斯堂取義明倫之旨為落成慶乃環顧

文廟又已掃地傾圮方在選材鳩工平基定向為創建

文廟之舉適行取銓部

命下而予因是不得盡心竭力於其間雖然人之欲善誰不如我

文廟之成固有待也獨斯堂之役費稟于官役不病民向之曠然者今幸巍然其在望矣義不可無一言以紀予謂五經與五倫相表裏者也倫于何明君臣之宜直宜諷宜進宜止不宜自辱也父子之宜養宜愉宜幾諫不宜責善也兄弟之宜怡宜恭不宜相猶也夫婦之宜雍宜肅不宜交謫也朋友之宜切宜偲不宜以數而取疏也明此者其必由經學乎潔淨精微取諸易疏通知遠取諸書溫厚和平取諸詩恭儉莊敬取諸禮比事屬辭取諸春秋聖經賢傳千條萬緒皆所以啟鑰性靈開稟原本為綱紀人倫之具而絃誦其小也願諸生執經請業登斯堂顧名思義期于忠君孝親信友夫義婦聽兄友弟恭為端人為正士毋

或徒習文藝恣睢佻達以致敗名喪檢為斯堂羞庶幾不負予所以首先建立斯堂之意抑是役也晨夕指畫督率就工則黃學博之功固不可以沒也

重脩府學碑記

臺廈道　陳　璸

臺灣荒島也

夫子廟在焉聖人之教與

皇化並馳固無海內外之隔而歲久弗治有自來矣惟

大成殿巍然為魯靈光若　啟聖祠暨兩廡櫺星門皆傾圮剝落過半前後廟基被水潦沖齧陵夷就低竟為人畜往來雜沓之場噫蒞斯土者何人而不一觸目傷心於其際乎余乃商之郡守周君洛書郡倅洪君石臣暨臺令張子宏鳳令時　惟璘諸令劉子宗樞亟議脩葺僉合詞無間言余曰衆志既同是不可後遂備由上請兩憲尋得報可即以壬辰冬臘月興工委本標千總曾榮董其役榱桷朽腐者易之缺折者補之蓋瓦級磚之缺斜者覆正之牆壁漫漶不鮮者飭之基址之坍塌者增築之而

夫子之廟於是煥然易舊焉　啟聖一祠翼然起　大成殿後左右列六德齋祠下名宦祠居左鄉賢祠居右再列六行齋曰六德曰六行非方學兼德行之士不得寄焉東廡下有獻官齋宿房兩廡下有藏器庫有庖湢所櫺星門左右設置文昌祠土地祠其外則為禮門為義路常置扃鑰非旦望及有事二丁不開更于禮門外數十武表立大

成坊爲界周圍牆及肩而止通道之水環繞其下廟之規模斯畧具矣至教官廨舍則于明倫堂後新建三楹齋廚等房胥具門路從東廊出入無得復如前之寄居　啟聖祠左右爲瀆褻再於明倫堂前兩廊分列六藝齋供諸生肄業之所是役也新太守馮君躬暨繼至與有力焉同城總鎭姚公樂贊其成計料若干瓦若干磚若干灰若干匠若干工小夫若干名共計若干緡悉出本道衙門養廉餘羨予所力請于兩憲而得之者不動公帑不費民財歷三載之勤得竣厥工而予不能無一言凡廟學非作新之爲難而能默體作新之意爲難亦非作新於始之爲難而能繼繼承承永葺於後之爲難兹余既新斯學於其始願執經士子咸各思發憤以通經學古爲業以行道濟世爲賢處有守出有爲無負

國家教育振興庠序之至意地方有司亦共以教化爲先務培兹根本地時省而葺脩之俾有基勿壞安知荒島人文不日新月盛彬彬稱海濱鄒魯也哉余故詳脩建始末并述其意以書諸石

新建朱文公祠碑記

陳璸

于建朱文公祠既成或問曰海外祀文公有說乎曰有昔昌黎守潮未朞月而去潮人立廟以祀東坡先生爲之記云公之神在天下者如水之在地中無所往而不在也而潮人獨信之深思之至焄蒿悽愴若或見之譬如鑿井得

泉而曰水專在是豈理也哉若文公之神周流海外亦何莫不然按文公宦轍嘗主泉之同安簿亦嘗爲漳州守臺去漳泉一水之隔耳非遊歷之區遂謂公神不至何惽也矧自孔孟而後正學失傳斯道不絕如綫得文公剖晰發明於經史及百氏之書始曠然如日中天凡學者口之所誦心之所維當無有不寤寐依之羹牆見之者何有於世相後地相去之拘拘乎予自少即知誦習文公之書雖一言一字亦沉潛玩味終日不忍釋手迨今白首茫未涉其涯涘然信之深思之至殆不啻所謂焄蒿悽愴若或見之者也文公之言曰大抵吾輩於貨色兩關打不透更無話可說也又曰分別義利二字乃儒者第一義又曰敬以直

內義以方外八箇字一生用之不窮盍嘗妄以己意釋之惟不好貨斯可立品惟不好色斯可立命義利分際甚微凡無所爲而爲者皆義也凡有所爲而爲者皆利也義固未嘗不利利正不容假義敬在心主一無適則內直義在事因時制宜則外方無纖毫容邪曲之謂直無彼此可遷就之爲方人生德業即此數言畧包括無遺矣他言之譬切胥此類讀其書者亦惟是信之深思之至切已精察實力躬行勿稍遊移墜落流俗邊去自能希賢希聖與文公有神明之契矣予所期望於海外學者如此而謂斯祠之建無說乎祠正堂三楹兩旁列齋舍六間門樓一座起工於壬辰冬丶月至癸巳仲春落成不動公帑不役民夫一切

需費悉出予任內養廉餘。茲猶慮祠內香火及肄業師生脩脯油燈乏資，議將予撥歸郡學鯤港莊田二十八甲一分租粟供給，歲以爲常。經行臺灣府轉行該學永遠遵照，并記以示來者。

新建文昌閣碑記　陳璸

京邑之制，右廟左學，前殿後閣。予乃於文公祠後謀創建文昌閣焉。嘗讀文昌化書中有一二幻語，心竊疑之；既而往復玩味，大旨教人以脩德積善，與陰騭文一篇相表裏；於是深信其言之有得於道，不予誣也。按明志：有梓潼縣在保寧府界，離縣三十里許，有梓潼帝君廟。予前歲奉命視學西川，得瞻禮祠下，歎天下之文章莫大乎是。載考漢史天文志，斗魁列在文昌星次，吾又不知文昌之與梓潼是一是二，殆天人也耶，神耶。孟子曰：大而化之之謂聖，聖而不可知之之謂神。姑置勿深論，論其盡乎人以應驗於天者可乎。科名者，進身之階；務學者，立身之本。不務學而冀功名，猶不種而期收穫，必不得之數也。顧爲學之道，自求放心始。求之窈冥昏默，反荒其心於無用，不如時觀象以自省：有如動一念焉，若帝君之予見；發一言焉，若帝君之予聞；措一行焉，若帝君之予視予指。必謹其獨，戒愼恐懼，將所爲脩德積善者，悉根諸此。學不自此進乎？學進則識進，識進則量進，量進則德脩而福亦隨集。由此而登高科、享大名，如持左劵。人之爲歟，何非天之爲也。有志之士無急求名於世而務積學於已亦無徒乞靈于神而務常操其未放之心藏焉脩焉息焉游焉登茲閣也睠焉四顧東峙大山層巒疊翠動振衣千仞之思南望鳳山騫騰隱在几席間西則洋洋大海波濤洶湧風檣出沒變態不可名狀其北有
萬壽亭穿雲而起
君門萬里何日得出此島與海內諸英俊交遊歷金馬上玉堂爲一快以是洗心以是勵志卽以茲閣爲不欺闇室之一助可也若終日昏昏沉沉放其心而不知或舍近騖遠或處下闚高甚或以茲閣爲登眺觀遊之所則與謀創建者之初心大相剌謬矣可乎哉閣制度高廣寬長各若干一準福州府庠奎光閣體式會城選匠辦料皆署學事敎諭鄭長濟任勞海運到臺旦晚督率就工委該學敎授杜成錦巡捕經歷陶宣先後贊成則同官同城諸公與有力焉始于春二月丁亥成于三月戊申

重脩臺灣縣學碑記　偏沅巡撫陳璸

憶予以康熙壬午春調任臺令臺邑廟學先爲僞弁住宅湫隘弗稱兼歲久屋材朽蠹已就傾圮明倫一堂尚在蔓草中未有議創者予以爲此爲政第一事不可或後卽具狀詳請各憲尋得報可乃殫力拮据首于廟左隙地起建明倫堂以是年冬杪興工越歲三月告成隨改造
文廟增舊地而式廓之選匠往會城購料業已平基定向

予忽奉文行取時在甲申初春捐金留府庫爲工費資而
去身雖去而寸心惓惓毋以廟學未成爲一憾事也越七
年庚寅秋予復謬持節東來謁廟循覽規模雖畧粗具而
啟聖一祠尚仍舊向與
文廟祖左兩廡尚不蔽風雨心焉憾之先捐俸委臺令周
環築牆以肅內外因郡庠大費脩整未遑議及邑庠至乙
未春郡庠辛煥然易舊矣正在私心經營而予又忽奉有
補授偏撫之
旨予曰是不可或後飭星夜鳩工庀材將　啟聖祠順
文廟方位改造兩廡撤舊更新增建名宦鄉賢二祠爲吏
治風俗示勸以遂夙志焉雖然亦非有所利乎此而欲自
爲功也董子曰仁人者正其誼不謀其利明其道不計其
功夫□循學正誼明道之大端應無出此者予數年惓
惓之苦心其亦可無復憾也夫

重修諸羅縣學記　蔡世遠

諸羅縣學原在善化里之西□方狹數椽康熙四十三年甲
申鳳山令宋君永清署篆諸羅因縣署移歸諸羅山就羅
山議建丙戌郡丞孫君元衡攝縣事建　大成殿櫺星門
戊子宋君再署篆建　啟聖祠乙未九月颶風大作屋瓦
門墻皆傾今令君貴陽周侯憮然曰是吾責也是歲十月
興工脩其破壞　大成殿　啟聖祠皆易故而新之建東
西兩廡以祀　先賢先儒東有名宦祠西有鄉賢祠又

啓聖祠之東建明倫堂西建文昌祠附西爲學舍便肄業之者櫺星門之外以牆榜曰禮門義路牆之外爲泮池皆前所未有也糜白金一千五百有奇周侯獨肩之不擾民間一絲丙申六月告成世遠時應中丞雷陽陳公之招主鼇峯書院吾友陳君夢林客遊於臺周侯介陳君以書來求記且曰諸羅僻居海外諸生觀化聿新願有以教之也世遠寡陋何知爰節鼇峯諸友相與砥勵者而告之曰君子之學主於誠而已矣誠者五常之本百行之原也純粹至善者也天之所以與我者也人之不誠者無志者也人之無志者由不能盡其誠者也誠以立其志則舜可法而文王可師也其原必自不欺始程子曰無妄之謂誠不欺其次也其功由主敬以馴致之程子曰未至於誠則敬然後誠也敬也者主一無適以涵養其本原之謂也由是而謹幾以審於將發慎動以持於已發則合動靜無一之不誠也雖然由明以求誠之方惟讀書爲最要朱子曰讀書之法當循序而有常致一而不懈從容乎句讀文義之間而體驗乎操存踐履之實不然雖廣求博取奚益哉學者率此以讀天下之書則義理浸灌致用宏裕雖然非必有出位之謀也盡倫而已矣孔子曰愛親者不敢惡於人敬親者不敢慢於人吾父子兄弟肫然藹然盡吾愛敬之忱也克伐怨欲之心何自而生哉始於家邦終於四海皆是物也庸近之士不能返其本思其終但以爲吾讀書得科名

而吾名成矣桑梓閭里利身家而吾事畢矣其幸者得一第其不幸者老死於布褐而已矣其天資厚而習染輕者居是官也猶可以寡過其天資薄而習染重者則貪汲焉而已矣夫此身父母之身也天地之身也民物所胞與之身也以父母之身天地之身民物所胞與之身顧可不返其本思其終以貽父母羞以自外於天地以爲民物所詬病哉諸羅雖僻處海外

聖天子治化之所覃敷三十餘年於此矣巨公名人相繼爲監司守令其間風俗日上萃一邑之秀於明倫堂相與講經書之要旨體宋儒之微言告之以立誠之方讀書之要倫理之脩經正理明則涵達氣充科名之盛舉積諸此

非徒善人之多也陳君爲我言周侯清脩幹固百廢俱興引人於善惟恐不及吾知所以長育人材化民成俗者必有道矣又何俟余之贅言哉周侯名鍾瑄字宣子貴陽人登丙子科以清德文學世其家

重脩臺灣縣學碑記

巡臺御史黄叔璥宛平人

歲壬寅璥奉

命巡視臺灣於時寇亂方息繼以大饑學宫飄搖颶風霪雨間頹然欲盡官斯土者雖目擊心傷不遑及矣與璥偕來者貴陽周君鍾瑄前以諸羅令報最爲高唐牧内遷員外郎至是以賢能

特簡令臺灣慎其選也周君既至設平糶法以蘇郡治躬

運米以賑澎湖境以內欣欣然更生焉迺亟鳩工庀材仍厥舊制凡殿廡門垣生舍脩者脩之築者築之時

詔崇先聖五世王爵爲改建　五王祠不費帑不役民皆周君節省俸金而獨任之始事於癸卯季秋落成於甲辰仲春糜白金三百五十有奇不數時而廟貌聿新因請璥爲記其年月璥維學校之設所以長育人材一道德同風俗教孝教忠也學者於此不能窮其指歸而得其要領身體而力行之沈溺於詞章靡雜於功利權謀術數所謂人材不可問矣道德奚自而一風俗奚自而同今臺當更化之後學者蒸蒸然思復於古知聖賢之所以教人者其指歸要領不過欲人盡力於君臣父子夫婦昆弟朋友之間

父教其子師勉其弟日引日上庶幾篤學力行之君子無徒以詞章爲梯弋科名之具無或以功利權謀術數以流入於不肖之歸則道德一風俗同庶不負

國家養士之隆與賢司牧師旅饑饉之餘拮据經營之意實有厚望焉是役也董其事者本學教諭葛焌例得書於石

海東書院記

巡臺御史楊二酉太原人

聖天子臨雍講學文教遐敷歲撥帑金如干於直省各立書院以造天下士彬彬乎霞蔚雲蒸稱極盛焉臺陽海嶠隸閩之東南郡相去榕城約千餘里諸生一仰止鼇峯且不免望洋而歎也郡學西側舊有海東書院爲校士之所

前給諫漁莊單公請別置考棚遂成閒廨歲己未予銜
命巡方視學來茲凡一至再至焉中多軒楹可讀可棲明
堂列前可以講矮屋通後可以爨意選內郡通經宿儒充
教授爲良師允堪作育多士與鼇峯並峙謀之觀察劉公
亦然予言第以薪水諸費無出奈何邑明經施子士安慨
然身任之先請輸稻千斛仍置水田千畝爲久遠計予曰
是可以入告矣逾數月議行劉公捐俸倡修一時軒牕爽
潔什器周備煥如也郡守錢公亦能加意振作選諸生中
文藝有可觀者得數十人以實其中延教授薛仲黃爲師
致敬盡禮觀二公所編規約數條詳愼之義歷歷可見夫
興文勸士採風者之責也敬事圖成良有司之誼也抒一

家之力供多士之需義不泯於鄉也取一人之善成天下
之材恩必出自上也爾師生各宜銳志精心無怠學無倦
教言語文字之中申以脩己治人之道漸摩旣久當必有
明體致用者出以膺公輔而揚休明上慰
聖天子棫樸作人之至意寧云島嶼生色鄉里增榮已哉
予於爾師生有厚期焉

秀峯塔記　楊二酉

辛酉春予以瓜館於郡學齋署西隣泮宮再西爲海東
書院左山右海據郡勝概面迎魁閣平岡數疊遠近環映
臺紳士且以巽位未甚秀拔議請建浮屠爲筆峯予曰然
謀之同事諸公咸曰可遂各捐俸卜吉以興甫閱月而訖

功深基固壘六出五重下廣炎有九尺遞削至端高七尋有奇通中引節上開洞牕有四乾面顏石額曰秀峯糜金錢八百餘兩職其事邑生龔帝臣等凡六十有六人輸力任勞俱能踴躍從事竣之日相與集飲而落之而桐陰竹翠中峭顛圓鋒摩雲揮漢躍然在芹水間矣後有興者得謂秀峯有靈其然其不然耶

重葺斐亭記

臺灣道莊　年長洲人

道署後有澄臺斐亭瀛壖八景之二也癸亥秋余承乏觀察既攬澄臺之勝復詢所謂斐亭者已邈不可即惟臺西比隅有堂巋然中霤懸額曰斐亭余竊疑之按亭與臺皆前副使高公拱乾所搆公所爲澄臺記云載甃小亭於署後環以竹名以斐更築臺於亭左名之曰澄是斐亭當在澄臺之右彼巋然西北之堂未可據竊其名以誣前人也爰是披荊芟棘于臺北十數武得隙地方二丈石級磚甃尚餘草際又傍多美箭蒼翠襲人遍訪于故吏僉謂亭在是因出俸餘築草亭於其上落成日偕我賓侶俯仰其間想見前哲之風流不墜斯亭之興廢有時不覺感慨係之後之人履斯地而攬其勝當不致有向失嵩華之歎則是役也寧惟補志乘之未備實於斯亭有大造焉

重脩文廟碑記

臺灣知府褚　祿清浦人

余奉調來守臺郡越日齊祓謁
聖俯瞻廟貌巋然更新而匠石尚訖集未竣事退而謁巡

臺六兆二公教以移易風俗必先培養人材當思體
聖天子崇道興學之意以為政治之本余必識其語因以
知化理之隆造邦者之大有造於茲土也郡城
文廟海東風化所關日久不治適觀察莊公攝府篆毅然
曰是余之責也遂節公鏹二百五十餘緡屬郡司馬方君
董其役詔以誠敬之道務勿煩民故凡工料悉給以常值
不少減而民皆競趨鼛鼓如鶩司馬周度相視舉上木斲
堊丹刻等功精於規畫克恭厥事將竣費稍蘄莊公又率
余與方司馬暨淡水曾司馬共捐以成之庶後兩翼為義
學前雷陽陳清端公所建之十二齋也因并完繕進師生
課誦其中一時教典並行甚盛舉也吁巡方二公惓惓於

崇道興學觀茲修舉宏備得無欣然而大愉愜乎今夫崇
道興學所以勸士也臺郡雖僻處海外入廟者莫不知敬
書云未見聖若弗見今也回諸羹牆聞諸肸蠁怵惕彌虔
士習以端人材以出文運以興由是風聲廣厲邪慝不作
獄息盜弭刑清武偃百昌遂而諸福集金湯固而磐石安
然則斯舉所繫夫豈淺鮮也哉爰書而記之

新脩城隍廟前石道記

臺灣令 李閶權 安邑人

臺邑城隍廟在鎮北坊隘且就飾有日矣余下車即捐貲
繕葺俾棟宇更新而神庥以妥廟前沙礐之地界近右營
為西出之逵歲久頹圮行者病之刺史褚公暨郡丞方公
仰承大憲振理維新之意屬余亟謀之顧工鉅費繁不以

時舉余惟夏令有除道成梁之期周禮有廬舍委積之典經涂廢治亦王政之一端也宋張希顏宰泮鄉入其縣境則田疇墾闢以至驛傳橋道無不脩葺深爲張乖崖所稱余不敏弗克景企前徽然亦嘗惓惓念之何可以道茀貽譏耶會吏民吳繼甲等集紳士耆民樂輸恐後具狀于余余喜而從之遂爲力董其役鳩工于一月之晦告竣于又三月上澣延袤二一百餘丈周廣自尋尺以至通軌共糜金錢三十萬今而後康莊如砥爭詠周行舉一隅以推之卉島編氓將悉遵道路以會歸蕩平也夫落成之日因爲之臚陳其概云

記十八里溪示諸將弁代　　薛鼎元

十八重溪在哆囉嘓之東去諸羅邑治五十里乃一溪曲折繞道跋涉十八重間有一二支流附入非十八條溪水橫流而過也其中爲大埔莊土頗寬曠旁附以溪背貝潭崁下北勢楓樹岡等小村落未亂時八烟戶盛今居民七十九家計二百五十七人多潮籍無土著或有漳泉人雜其間猶未及十分之一也中有女眷者一人年六十以上者六人十六以下者無一人皆丁壯力農無妻室無老耆幼穉其田共三十二甲視內地三百六十餘畝亦據報聞未核實清丈本哆囉嘓社番之業武舉李貞鎬代番納社餉招客民墾之者也自諸羅邑治出郭南行二十五里至楓子林皆坦道稍過則爲山蹊十里至番子嶺嶺下爲一

重溪乃逕紆廻連涉十五重溪則至大埔莊四面大山環繞人跡至此止矣東南有一小路行二十里至南寮可通大武壠高嶺陡絕出大山崩坐而上壁間鑿小洞可容足如登梯然行者以手攀樹藤足踏洞窩甚險北路山寇捕急每從此遁大武壠通羅漢門阿猴林而爲南中二路之患今下加冬署守備李郡奉憲檄塞山蹊掘去足窩斷藤伐樹道阻不可行也夫過姦宄藪地方在人不存險藤生樹長而後保無有開闢鳥道者似當加之經理使凡茲人民皆有室家田宅之係累即孔道猶重關耳斯地故逋逃藪深僻宜防範恐或勞我軍過此諸將弁識之

記采風圖後　　莊年

臺疆古東海島也自我

朝收入版圖畏威懷德咸顒首跂踵烝烝向化迄今涵濡六十餘載馴擾鷙悍爲善良易獉狉以秩序熙熙穰穰忭舞康衢盖丕冒海隅日出罔不率被矣乾隆八年

天子命黃門六公來按視茲土公慈明綜練鎮謐不擾舉凡整綱陳紀廸教制刑毋矯揉而紛毋因仍而弛務協于砥平鵠正惟和惟一以與億萬姓安養嬉遊于滉瀁海天之下余忝任觀察周咨就正得規隨而遵守之以無隕厥職間又出其退食之餘所繪采風圖若干幅示余俾跋其後竊思周公作王會紀渠叟敃犬康人桴苡之屬唐貞觀間外國獻菩提木鉢羅花拔蘭鹿金卯雞活褥蛇諸物有

異於常者皆詔所司詳錄之此島譯陳德狼舞獻功尚足徵賓廷之盛矧夫統區外以爲區內隸外番以爲內氓種種物類之殊民俗之岐安可無以誌之俾傳播於無窮夫陳詩納賈皇華之選也採風布政星軺之任也齊其政教而不易其俗之所宜牖民孔易爲之作新而漸摩之使底于德一而風同端有賴於此烏豈同炫奇志怪徒誇大宛之蒟醬邛竹西國之鸞膠吉光已耶則覽是圖者不可不知公微意之所在也

重脩府學文廟碑記　楊開鼎

聖天子重熙累洽教化覃敷薄海內外罔不風同道一臺故海東陬區也自入版圖涵陶治數十年而棫樸菁莪蒸然蔚起其興教之地尤首重焉乾隆己巳夏余銜命巡方兼視學茲土至則恭謁文廟環視殿廡堂宇漸就傾圮祭器樂器因陋就簡竊惻然憂之及檢郡乘知學宮曩爲海康陳公所脩建者距今三十餘年其脩學記中拳拳以非作新于始之爲難而能繼繼承承永護於後之爲難益深望夫有基勿壞後起者接踵而脩葺之也顧其間雖經監司刺史輩捐金補繕不數歲而朽蠹剝蝕復不可支甚非徹底建造難云固也余正爲經營商榷間而臺之衿士尊師重道踴躍急公倡議捐脩者則有侯生世輝蔡生壯猷李生朝璽黃生兆茂蔡生培張生方升方生達聖洪生世基等數十人其最多者

幾千百緡又次者數百緡又次者百緡亦或家本寒素奔
走區畫以襄是舉者于是連名呈請余因事綦重大特馳
札制府喀公撫軍潘公會商入奏撫軍遂據予札所陳上
達
宸聽獲邀
恩旨俟工竣時核捐輸之數報部議敘而獎賞焉爰與滿
巡臺書公昌監司金公溶鼓舞作興之命臺令魯鼎梅與
稽核之責維蔣廩生世疏力肩其事不辭勞瘁不避嫌怨
偕蔡生源起鳩工庀材相度經營卑者崇之隘者擴之朽
者易之缺者增之墮者飭之而
夫子之廟煥然改觀矣大成殿及兩廡規模軒厰倍于前

五王祠舊逼處殿後拓丈有六尺文昌閣易柱且石而增
高文公祠前增捲亭教授之學舍附明倫堂後者退丈有
奇訓導之寄居于文公祠者更建宇於文昌閣後俾建鐸
者咸有寧宇得以從容而訓廸焉官廳前增覆亭櫺星門
前增石坊以護泮池而體制備由大成坊以內盡易石鋪
既以壯觀瞻并以免執事有恪者之紛踏乎瓦礫也他若
堂宇路門池沼仍舊基而增損其間者靡不周詳而曲至
其東北一帶地界之佔于民者悉為清出拓其牆三尺有
奇外有餘地四五尺以通行人明堂以前一片平原民之
竊為種植者皆刈之而曠如也內外交脩而廟貌以崇至
籩豆簠簋之陳于庭者鑄以銅而備其數祝敔笙鏞干羽

之屬悉倣成式而更新之葢臺自有此講學明倫之地而今始獲睹整齊嚴肅之規也糜金計一萬緡肇工于乾隆十四年十月念五日告竣于十六年三月十五日是役也寔多士共勷是賴余何力之有廟成多士請記于余并求所以教之者余謂黌宮爲敎化所自出茲大啟爾宇將以育人材厚風俗也豈惟文詞云爾哉體明而用達廼足尚也宋時胡安定設敎蘇湖設經義治事二齋沐其敎者咸潛心于三五六經以求合古聖賢人之志而舉禮樂兵刑農田水利諸務用以廣其器識仁宗詔頒其法於太學天下宗之我

朝造士之法古無與比養之渥敎之詳而選之精以愼都

人士誠能以經術爲經濟勉爲

國家有用之才司土者復加意培植以玉於成而於興敎之地時加脩葺亦如海康陳公之以有基勿壞望後人者相承于勿替則所造於海隅者豈淺鮮哉若捐脩之姓氏數目更勒一碣茲不備

巡臺錢公去思碑

謝家樹 歸化人

人才之生也係乎天而成之者恃乎人成之者道有大小力有勤怠而所成之才之盛衰因之周官八統一曰儒以道得民孔子曰誨人不倦古之君子道成德立處卽勤脩

先王之敎以詔來學出則卓乎大有所建明務舉一世之人才而甄陶之其流風餘韻卽千載下猶令人嘆慕勿衰

也而況於親炙之者乎我大憲錢公奉
天子命來巡臺郡兼視學政臺故海島入版圖者僅七十
餘年涵化漸深駸駸乎有衣冠文物之美惜乎士習佻而
文體弱也公甫下車合情宜俗不動聲色百務釐然而精
神意氣獨於臺之人才望之切愛之深且懼其人品學術
或不能與中土爭光後也於是得若酬之浮者抑之篤實
者扶而進之其課文也陳者新之俚者雅之其考校也虛
心以別之或降格以引之進老者少者於堂偕而面試之
遴其尤者急拔之日閱數百卷目不轉睛手不停披曾不
以勞故而稍有勞倦書院中之貧者加意撫恤膏火不敷
捐俸給之應試之資解囊贈之不期年而臺之士氣油然

振而文風亦遂翕然變壬申
恩科鄉試公所首拔士林子昂霄唐子謙並售焉一時臺
人士咸嘖嘖稱頌公不置口且謂其化之何以若是神也
亦烏知公之器重遠而本根厚經術深而精力強勸學與
文要皆本其天性之所獨摯以故和平懇切載色載笑自
不覺其入人之深而感人之速有如此語曰師道立則善
人多善氣薰蒸教化翔洽異日宰天下由是道也於臺海
兆之矣今公秩滿將歸臺人士不能借公也屬家樹書其
功於石以昭不朽而余尤願諸生善體公之教訓相與乘
時共勉振拔有為更得一二有志者如閩歐陽之於常觀
衮潮趙德之於韓刺史衍其緒而張大之而公成就人才

之意乃於是乎大慰且俾後之覽者知儒術之有實用而
薄海內外之不可一日無師也詎不休哉

新建　朝天臺暨　文昌閣記　臺灣知府覺羅四明

曩余備員西掖晨夕　內廷咫尺
天顏頻沐　殊恩迨歷官外任覩聿風塵
君門漸遠乙亥秋以薦舉獲覲
楓宸荷蒙
簡命司牧稽城旋量移東寧空濛山色渺淼波光顧瞻
九重如在天上夙夜惓惓爰於署之乾位構朝天臺兩年
來剔弊鋤奸兢兢業業無非宣揚
聖化以稗微臣篤棐之志顧復念臺本荒島素安草昧自

我
朝定鼎臣服海外四方人士萃處而羣居者朝稽夕考春
誦夏絃駸駸乎漬濡涵渤之區臻於禮樂詩書之地昔陳
清端公曾建
文昌閣凡瞻禮其下者肅然觀感文教日漸稱盛第久而
就圮且在　文公祠後恐斗魁光曜振興鼓舞之道尚覺
未備因擇地鳩工特建焉其費悉稟請道憲准動公項并
捐俸以成之彼崇榭峻亭不過為登臨憑眺之勝若此臺
與閣之聳然而兀立者糺縵卿雲湧昇土氣蓋戀
闕之誠作人之意咸于是乎在後之來者鑒于苦心時而
葺之則可並峙于不朽也已是役也贊其成者臺司馬宋

君並誌之

重脩　城隍廟記　　覺羅四明

東寧髮嶠青浮盈眸綠繞益沃壤也自入版圖後人民輻輳廬舍殷繁儼然成大都會而順四時阜百物息灾青叢

彰癉賴

城隍尊神主持之因建廟於郡署之右凡水旱必牒厲祭必迎以將而以享者百年於此矣顧歲月既久廟貌非昔余下車後每朔望祗謁環睇之堦隘且就飽思更新而式廓之適以簿書鞅掌未能遽爲經始心常耿耿會宋君任臺司馬爰共鳩貲醵金庀材定址諏日僝功移易前後增設廊廡悉郡署得宜今而後粱棟煒煌不使鼪鼯匿跡虎甍則炭無復荆棘含網之入斯廟者慄然于

聰明正直之靈爽而降福孔偕所以穀我士女而膺茲社稷者匪淺鮮也落成日用誌其梗概云

新建崇文書院記　　覺羅四明

臺陽古島彝地人不知學自我

朝收入版圖百餘年來

聖聖相承涵濡教育風尚于以一變歲丁丑余調守是邦下車後入崇文書院見多士衣冠絃誦彬彬儒雅課期考校或瑰奇恣肆或跌宕夷猶河海濱鄒魯也第向來經費不敷生童等僑寄學舍之旁褊淺湫隘未能佔嗶優游且責成司鐸掌教勢難兼顧不無作輟鼓舞造就之道　猶

有憾擬擇地另建遂稟崇道憲欒於成事准館公鑑三百
員並同官捐俸及紳士醵金于是庀材鳩工泥臺司馬宋
君暨臺邑夏尹襄其役爲講堂爲書齋爲膳室以及廊廡
器具無不周備並傳臺令詳據監生陳不武生陳有志吏
員陳琇等聞風慕義呈捐磅礴坑三角堀等處下則園地
七十七甲有奇每歲應完租粟折納番銀三百四十七員
充入書院膏火之資爰延內地名宿以擁皋比選多士之
文行優長者資其中今而後藏息得所晨夕師範願執經
請業者虛懷集益勵志潛脩勿始勤而終怠勿鶩華而失
寔以備　國家楨幹良才庶幾不負所以創建之意抑斯
舉方議前歲府試識拔有院肄業白生紫雲即膺鶚薦是

亦激昂士氣之先聲也後之來哲鑒乎衆志踵而葺之則
海外人文不且霞蔚雲蒸日新月盛也哉于是乎書

改建海東書院記　提督學政覺羅四明

夫教而不率民俗之瀉也率而不教有位之恥也曩予握
麾符時崇文書院就圮易地新之未幾　太守余公以清
德名家涖此土澤以禮樂昇以漸摩士皆雍雍古處矣海
東書院尤全臺文教領袖向厠郡學泮宮西湫小弗稱思
更諸爽塏者而未有屬也會還來校士皆在使者官舍而
試棚竟成閒廨謀以此葺爲譚經講藝之所　太守余公
暨臺司馬何君僉曰善爰館公鑑庀衆材屬臺邑陶尹董
之爲講堂爲吟廬爲厨舍次第以成而器用畢具遂訪徵

名宿晉皐比而牖迪焉諸生以時絃誦其中羣體惓惓造就之意而尊聞行知日征月邁勿勤始怠終勿務華失實以馴至乎行成名立將他日之獻諸廷者即本今日之脩于家也予益有厚望焉因勒于石

重修道署記

臺灣道覺羅四明

東寧余舊遊地也歲辛巳又奉命來監此土澄光碧浪問津依然下車日見人士雍熙柔麻蕃茂心竊樂之洎環睇署庽日久就頹又湫隘弗稱僉議新之爲得予以時方初政仍其故步緩之 太守余公力言宜亟治以崇體制且廳有公鏹不可後予惟君子將有營也居室爲後而堂廡則臨民視事所係非居室比重

以 太守意爰鳩材庀工自門楹迄堂奧欹者補之頹者理之窄者擴之不費民貲不役民功不逾時而煥然易舊焉工既訖相與集飲而落之繼自今來者晨夕其間敷政優優念誰爲棐厥成者咸頌 賢太守之大有造於斯也用勒數言以志之

楊觀察北巡圖記

余文儀

從來爲治者莫不欲興利而除弊顧識不精不能洞悉機宜而措施鮮當志不果則勢且狃于積習而隨俗轉移惟君子爲能以愷悌之心展其明決之才補偏救弊因地制宜使隸其下者陰受其福而不自知臺灣居大海之中在古爲荒服 國家蕩平海宇收入版圖人物衣冠漸摩聲

教已近百年其土著番社恭順而賦性愚魯自內地渡臺者日益衆多奸良雜處于是南北兩路番地多被豪民智取勢佔其尤黠者夤緣爲通事科歛恣橫課及雞豚幾不聊生乾隆二十三年春我　公奉
命觀察東瀛下車之日廉得其狀卽毅然以興利除弊爲已任首請撤逐通事社丁釐定疆界永免番役及嚴禁私墾私派採買辦差俱應凡不便于民番者數十條上之
制府轉奏俱奉
旨俞允
命下一郡肅然　公于剔弊除奸之中仍寓敎誨撫恤之恩作養多士甄拔番童輿情大悅各社番丁均請薙髮以自附于齊民三年以來番民之秀者安于庠序樸者安于畎畝漁獵者安于山海紝織者安于蔀屋莫不樂其樂而利其利蓋　公之承宣布化綏輯而又安之者固已至矣
辛巳首春　督撫大憲以計典薦　公卓異僚屬入賀
公慨然曰經理數載惟北路番界尚未釐定深以爲慮卽日馳赴彰化淡水親率廳縣督理工所匝月而深溝高壘疆界井然迨次民番之讀者耕者漁者獵者紝織者皆扶老攜幼鼓舞歡迎于道　公不禁顧而色喜因繪爲圖令屬吏文儀誌之文儀日侍　公左右知之頗稔不敢以不文辭竊惟源深者流長本大者末茂　公之曾王父毅菴
公兩鎮閩疆　公之太翁象州公節鉞古北累世勳伐彪

炳人寰而　公以聰明正直豈弟慈祥繼其後崇階顯秩
實未可量他日佐
朝廷秉鈞軸功高褒鄂將繪　公于
麟閣之上揚爾臺特　公之濫觴爾請書之幀首以爲券

明志書院碑記　閩浙總督楊廷璋

粵惟世道遞升文明日盛
國家奄有九有百二十餘年
列聖相承治隆化洽
皇帝德媲虞夏道協殷周甫飭戎車拓疆萬里神武丕著
文教彌昭寓內同文海外有截興直保者隸臺灣僻居
淡水風土秀美氣象鬱葱髦俊萃臻向文慕學實繁有徒
夫結想維殷不如居肆馳懷在遠莫若連鑣使鼓篋者樂

羣擔簦者畤術躬興講席匪綏圖矣惟是志在聖賢義利
無淆於慮志存經濟王霸必究其原爰標明志之名冀成
致遠之器於戲往昔荷蘭竊處鄭氏鴟爭斯固虎狼之窟
宅鯨鯢之淵藪也今則海不揚波野皆樂土易戰攻以禮
樂化甲胄爲詩書摩義漸仁山川煥色
聖朝愷澤之敷聲教之遠載稽史冊未或前聞余備位台
衡恭膺節鉞遥涖臺海統馭及瀛樂觀書院之成惟拜手
颺言與多士賡歌太平之化而已是舉也捨宅捐租永定
貢生胡焯猷功不可泯爰書以爲來者勸

增建鳳山縣學明倫堂碑記　巡臺御史范　咸

禮稱大學始教皮弁祭菜所以致敬於先師以尊道也蓋

古人因學而有廟自天子之元子衆子以至卿大夫元士之適子與凡民之俊秀莫不造於學虞庠上下夏序東西殷膠左右無非學舍也後世重廟而輕學戟門頖宮專崇廟貌而春秋禮樂冬夏詩書無復教之之地蓋古意之存焉者寡矣我

國家令典自　大成殿成必有明倫堂以爲敷教之地通省郡邑皆舉爲法所以養士之制甚備獨臺灣一隅僻在海外前此郡學明倫堂未建陳清端公璸至始奮起而經營之迄今兩廡有六藝齋爲諸生肄業之所廟與學乃以無缺蓋興學立敎爲非俗吏之所能爲也鳳邑在郡治之南學宮獨據形勝之地廟前頖池方廣里許多植芰荷即志所稱蓮池潭也余以乙丑冬巡行鳳山謁先師廟召諸生講學所謂明倫堂者湫隘僅數椽其旁即教諭寢息地訓導且僦居他室問所爲蓮池潭者豪民侵并以爲利藪日張網其中芙蕖蕩然無復存者知邑事呂令作而言曰鍾琇涖此二年念明倫堂之未稱已度地鳩工謀於　大成殿之右建堂三楹爲講學之所又脩其舊有之堂以祀子朱子而并建名宦鄉賢二祠以補舊日之缺焉予可其請更令清釐頖池以還舊觀越明年呂令告蕆事蓋經始於乾隆十年十二月至十一年六月工始竣凡費番鏹一千有奇因求余文記之石余嘗以知縣者知一縣之事也一縣之事孰有大於養與教乎不知所以教至并教之地

而廢之其所爲養者可知已今呂令之用心甚勤旣力擴明倫之堂俾爲師者有成材之區爲弟子者有受教之所而又以其餘力建祠以興賢而觀善而泮池之水以濬大小於邇觀者咸悅余故樂得而志之董其事者本學教諭莊元博士弟子員章作楫卓夢采陳正春例得書於石

重建火神廟碑記

臺灣知府蔣允焄

城南法華寺舊夢蝶園址郡名勝也康熙四十七年鳳邑令宋公永清改前殿祀熒星火神余惟南方之頤地勢之下巽巳之間火星所屬見諸郭璞爾雅注臺地嵎夷下界南紀位界離明次躔鶉尾益祀典不可缺者而堂廡險陋弗稱余自癸未量移茲郡鬱攸爲災循例展謁討論舊典思夫古者司爟祭爟季春出火季秋納火火政之脩與土穀之神並重春秋時四國災鄭子產爲民請命使祝史除於國北禳火於元冥回祿益古者事神即所以治民幽明貫通一理固不獨燧人氏脩火之利范金合土功在後世爲所宜報已也爰集匠氏廓而新之經始于甲申四月越明年乙酉二月工竣計費番鏹若干兩法象莊嚴詹牙高敞即內殿浮屠熒脩所爲郡名勝亦仍前緒繚以垣牆加以丹雘俾改觀焉繼自今崇祀有所報享有時其靈揭虔致其肸蠁於以導迎善氣孚佑卜氏氣著昭明民無坻伏斯足答靈貺於無窮也已是役也參其議者臺邑陶尹贊其成者司馬徐公均有

勞焉既礲石例得並書

增建武廟官廳碑記　　蔣允焄

國家崇德報功享祀不忒
神勇關帝廟迄今稱
武廟與
文廟埒品用太牢月朢展謁禮亟崇隆顧
文廟制大成門外義路禮門齋宿有所更衣有所諸制具
悉備今
武廟在鎭北坊剏建雖舊而公廨闕焉每歲時行禮集廟亭者無停車所雍容揖遜雜闤闠中非所以昭誠敬也甲申夏予護觀察篆

神誕主鬯瞻拜廟下伏念
聖朝文德武功超越千古臺灣蕞爾服沐浴
王化幾及百年於
文廟以習其禮樂冠裳之盛於
武廟以作其忠誠義勇之氣二者交資不可偏廢爰捐廉倖謀爲新之適廟左有廢祠前觀察高公拱乾報功祠址也度巡道署後
關帝廟旁舍可供香火因移置神龕奉祀之即以其地築垣墉立堂宇計費番鏹六百有奇凡兩閱月竣事亦齋宿更衣昭誠敬之遺意也郡人士觀乎此感動各教之必與優游典物之情交相培養忠信節義當有油然而興者矣

釁廟日爲文以記之

增建天后宮官廳碑記　蔣允焄

古者廟制前殿後寢門堂夾室所在中門右省牲展饌滌溉在中門左、所頌絲衣言祭詩也其詞曰自堂徂基疏謂既設祭於室事尸於堂復祊於廟門外之西室然則凡祭有正室尤必有廟門外之夾室古所謂告濯具告充告潔者觀此臺疆新闢典章未備、神祠多不如制余自癸未量移茲郡於　武廟　龍神廟各增置外次及

天后神祠蓋海外荒島、兩藉

神靈揚威溟渤臺之父老咸戴

神庥者家尸戶祝西定坊祠甚置本舊長官初至行展謁

禮廟貌亦崇所不如祭者門外夾室耳爰拓

神祠右偏市民屋若干座更建置之計需番鏹一千一百有奇凡兩閱月竣其地偏靜無紛囂也制深嚴無繁飾也凡以致其齋祓于廟之制無所缺焉亦足與詩之吉相發明也夫是爲記

新建　萬壽亭碑記　蔣允焄

今國家

皇靈遐鬯東西南朔拓地各數萬里數天之下日域月竁孕育涵濡罔不率俾、誠所謂溥有形而歸景罄無外以宅心者矣臺雖荒服職方所不紀而東腸務耳劗髮文身獷是含生之類髮齒之倫凜

天威於咫尺據
帝社於無疆尊親之戴無遠邇一也郡治祝
聖宮康熙五十年前巡道臣陳璸建在永康里距城三里
許每
大慶典出郭門廢啓閉甚不便之今
上御極十有七年文武僚寀議就郡庠明倫堂設
龍亭行禮蓋一時權宜之計而永康舊址亦廢爲僧舍就
荒歲甲申臣余文儀觀察兹土議改建會
朝命陳臬全閩臣允焘猥承其乏伏念環海千數百里戴
天子聲靈旁魄四塞翹首跂足拱於
聖圖而大小臣工奉
巽命行萬里依附
日月之光與優游
輦轂之下遐邇一體者惟此對揚
天庥血氣尊親大義祠官
祝釐是爲可已詢兹僚庶僉謀曰同舊東安坊有公廨乃
部使者校士院也自學政歸巡道扃鑰久矣前歲閒巡道
臣四明因海東諸院舊規隘陋假爲多士弦誦所今書院
已擇地别建臣等敬謹相度衣冠肅穆之會無過於此稽
體制崇規模鳩工庀材式廓增新於以奉
龍幄崇禮事斯依日月之光與輦轂等已費雖甚鉅而情
出至順經始於乙酉　月　日越　月　日工竣合

用銀若干兩告成之日臣允焄謹拜手稽首而言曰禮大夫士下公門式路馬凡以有赫之聲靈起無方之恭順惟地有特崇斯情有共致今使尊親之戴雖在絕域殊方無不有

聖天子至其耳目則斯

藻殿之設禮制之崇豈非教民敬教民順一道德同風俗之要術哉臣允焄謹百拜稽首而爲之紀

新建三山明貺廟碑記　徐德峻

潮揭陽邑西百里爲獨山越四十里有峯曰巨峯峯之右衆石巑岏東潮西惠以石爲界渡水爲明山西接梅州州以爲鎮又三十里爲巾山地名霖田三山鼎峙各峯巒聳

拔高揷雲霄鍾乾坤之灝氣萃海嶽之精華神光煥發呵護羣生捍患禦災歷有年所肇於隋顯於唐封於宋聲名赫濯於元明之代封秩炳蔚久而彌彰粵之人徧祀之傳諸簡冊渺諸三山明貺廟記蓋於今爲烈矣顧臺距揭阻海數千里邑何以有廟蓋粵人渡臺者感

神威力有恭敬桑梓之意焉故郡屬四邑所在多有獨吾諸粵庄舋偏香火東來者率以禮祀於家不無市井湫隘之嫌於是蕭成林振魁等謀祀之擇地於邑西城廂鳩金庀材剏爲

神廟工始於壬申小春之月竣于癸酉冬季之辰糜金二千餘緡黝堊丹雘木石備舉由是殿庭整肅棟宇尊崇簡而華宏而廠凡瞻拜廟中者儼然見三山之在目焉廟既

成僉請於余爲文以紀之惟聰明正直之神而其功德復彰彰如是此非淫祠妖廟埒也且自古鎭嶽皆有明禋惟庇及民生故廟食不替當今
聖世重熙累洽懷柔百神海天太和時調玉燭沐高厚之湛恩仰神靈之鴻庇抒寸心之誠悃以酬答於神前則三山雖在揭感召卽在目睫間且與羅山之王峯鍾瑞發祥閱萬載而常新者矣屬予秩滿將西渡爰爲記其始末云

重建　武廟碑記　　鳳山知縣王瑛曾

邑城東廂
壯繆侯廟迄今稱
武廟凡長官行部令宰朔望俱脩展謁禮著祀典之鉅者

歲久且圮壬午歲冬月予捐俸新之邑人咸樂輸恐後具畚揭楨板斡凡五閱月而竣事落成日率僚屬士民祭告於廟僉曰畢大役宜有記予惟漢建安距今二千餘年久矣晉解梁距治七千餘里遠矣久且遠而
神之靈爽能及之此何說也今人毫一髮而全身爲之動則惟血氣有以貫之也惟
神昭明磅礴靈氣布濩無遠弗屆亦如人之一身血氣旣周毫髮畢貫於彼於此神應故妙烏以地杳遠而能隔哉且
神之志在春秋功在名教凡忠義志節之鄉尤必嚮往之邑雖荒服而

聖敎遐敷沐浴者久匹夫□□義効命疆埸糾鄉勇舉義旗
破鴟張之賊膽作海外之□民亦名教地也春秋傳曰神
所憑依將在德矣毋亦是鄉□而是宜乎予旣體
國家崇德報功之意而崇祀報享知其必有樂乎此也爰
伐石而爲之記

改建玉峯書院碑記　諸羅知縣李倓

董子曰養士之大莫大於興學學者賢士之所關敎化之本
原又曰縣令民之師帥所使承流而宣化者也我
國家文教覃敷脩辟雍設庠序興廉舉孝嘉與宇內之士
百年涵育山陬海澨罔不嚮喁向風猶於府州縣治學校
之外特建書院延致名師日有程月有課士亦爭自濯磨
以期觀國之光猗歟何道之隆歟歲丁丑予奉調承乏斯
土雖地居海外荒服初開而涵濡雅化延首向內士之克
自樹立亦旣並進輻輳矣然邑有玉峯書院爲諸生肄業
之所日久荒落規模亦復湫隘予懼無以廣敎思也爰就
學宮舊址倡紳士改建鳩工庀材中設講堂翼以齋舍爲
屋三十有六巳卯初冬始事越明年夏落成地居城西隔
幽僻無譁軒窻明淨綴學之士夏絃春誦庶幾專所肄力
矣予不敏晨夕竭蹷懼無以導揚明盛而私心望幸獨使
我邑人文蔚起有德有造以仰副
聖天子樂育之殷則維此多士其相與以有成者實深且
厚矣故記其創建始末以志勸云

新建騘馬橋碑記

諸羅知縣衛克堉

從來建百年不朽之功必待名世挺生之人其言重其利溥及其成功亦較速也臺諸交界之處曰新港南屬臺轄北屬諸轄行旅孔道往來如織港舊有水師官港每當春夏霪潦海潮洶湧渡夫恣意需索往來之人莫敢與抗葢瘨首咨嗟者非一日矣歲甲申春會巡按奉
命按臨其地於是耆民洪寧等以造橋請巡憲毅然許之即移查臺鎮撤去官渡行府轉檄克堉相度地勢令民建築不假手於胥役不擾累於行人越首夏而告竣橋高二丈廣八尺長六丈木植堅固至是而行道之人真履若康莊矣堉謂自隷版圖已將百年而此橋之成於今日自是之後過此者不至臨河而返亦無患褰裳以涉徒杠輿梁
王制之克脩海外不廢非偶然也諸耆民以橋名請且乞紀其事堉曰此騘馬巡行至止而有是橋也即名之曰騘馬橋以誌憲德豐功於弗替云爾敬書數語泐之於石

留養局碑記

彰化知縣胡邦翰

邑養濟院例收瘋癱殘疾孤貧所與余惟無告爲
皇仁所必矜因審案查出公地與院基毗連支俸贖之清出官稅捐置田租建房四十三間名曰留養局歲可活百餘人交代之暇條其議上諸列憲惠養有加則以俟後之君子

祭文

祭鹿耳門水神文　施琅

惟滄波之浩蕩渺難測其所之何重關之據險儼要隘於天地既迤邐以紆折復迅激而奔馳控鹿耳兮巖浚若砥柱兮標奇灩澦無以喻斯流之湍急天塹奚以軼扃鍵於藩籬某忝專戎於茲域端藉舟航以指麾欽神功於有赫仰幽贊而匡維願濟涉乎無阻俾往復咸底於平夷伏望鑒此敉民湯火之誠惘彰斯聖皇赫濯之靈威風濤於焉恬息鼇波爲之奠綏士馬攸利黎庶靡危虔陳菲獻冀錫崇祺

祭水師協鎮許雲文　覺羅滿保

嗚呼惟公之死死而無愧惟公之死死而不昧寇禍將萌衆人皆醉公統艨艟謀非其位賊焰既張土崩川潰公提孤旅捐軀盡瘁緬維睢陽義激將士霽雲致身萬春集矢公之將領慷慨從死如游崇功實乃類是公身雖死公志未忘素車白馬靈爽威揚公身雖死公骨猶香千秋萬世日月爭光嗚呼公不見夫全臺士民之感悼與安平黎庶之悽愴痛公之忠義而欲共奉夫蒸嘗余將入告於九闕而先致奠乎一觴公其益堅此護國之誠而相與默祐夫封疆

續修臺灣府志卷二十二終